SFV

Rose Ausländer

Und preise die kühlende Liebe der Luft
Gedichte 1983–1987

S. Fischer

Gesammelte Werke in sieben Bänden
und einem Nachtragsband mit dem Gesamtregister
Herausgegeben von Helmut Braun

Umschlaggestaltung: Peter W. Schmidt, Frankfurt
Satz und Druck: Wagner GmbH, Nördlingen
Einband: Lachenmaier, Reutlingen
Printed in Germany 1988
ISBN 3-10-001520-7

Anmerkungen des Herausgebers

Seit 1978 konnte Rose Ausländer ihr Zimmer im Nelly-Sachs-Haus in Düsseldorf nicht mehr verlassen. Ihr Bett im 4. Stock des Altenheimes wurde ihre letzte Heimstatt. Aus dem Fenster sah sie auf die Pappeln des Nordparkes. Ihr Zimmer war voller Bücher, an den Wänden hingen viele Bilder, die meisten von hap grieshaber.

Von Mitte 1981 bis Weihnachten 1982 war sie wegen einer gesundheitlichen Krise nicht fähig zu schreiben; danach begann sie erneut, Gedichte zu verfassen. Sehr kurze Texte, oft nur Entwürfe, erste Notizen – es war, als müsse sie sich erst an ihre Möglichkeiten, an ihr Können herantasten. Schließlich entstanden 1983 die Texte, die im Band *Ich zähl die Sterne meiner Worte* veröffentlicht sind.

Im zähen Ringen mit ihrem sich versagenden Körper schrieb sie weiter an Gedichten, die einen neuen Höhepunkt in ihrem Schaffen darstellen. Bewußt und gewollt isolierte sie sich immer mehr, brach den Kontakt zu Bekannten und Freunden ab, ließ die Welt nicht mehr an sich heran. Die pflegenden Schwestern als täglichen Umgang, gelegentlich der Arzt, einmal im Jahr für sechs Wochen der Bruder und jeden Freitag abend mein Besuch, drei Mahlzeiten am Tag, selten ein Telefongespräch, schlafen und um Gedichte ringen, so lebte sie in ihren letzten Jahren. Je mehr sie an Kraft verlor, desto mehr konzentrierte sie sich auf ihr Schreiben. Nur so war es ihr möglich, die Gedichte zu schaffen, die schließlich in dem Band *Ich spiele noch* erschienen sind.

Literaturpreise, Kritiken und Würdigungen, Briefe von Kollegen und Lesern nahm sie zwar zur Kenntnis; aber all dies war ihr eher lästig, fast als wolle sie sagen, nun laßt mich endlich in Ruhe mein Werk zu Ende bringen. Das letzte Gedicht, das sie schrieb, lautet: »Gib auf // der Traum / lebt / mein Leben / zu Ende.«

Auf meine Bitte hin, überarbeitete sie im Juni/Juli 1986 noch 120 ältere Gedichte, veränderte sie stark und gab sie zur Publikation frei. *Der Traum hat offene Augen* erschien im Dezember 1987.
Seit Juli 1986 schrieb Rose Ausländer nicht mehr. Bewußt und gewollt – sie hatte alles gesagt. »Es ist mir kein Bedürfnis mehr«, war die stete Antwort auf meine Frage, warum sie aufgehört habe zu schreiben.
Von da an wartete sie nur noch auf den Tod.
Am 3. Januar 1988 ist Rose Ausländer gestorben.

Königswinter, Juni 1988
Helmut Braun

1983

König Tag

König Tag
hat sein Tagwerk
getan
muß abdanken

Sei ihm nicht gram
weil er dich verläßt
du bist gut aufgehoben
bei Sternen und Mond

Morgen regiert
ein anderer König
mild oder streng

Sei ein treuer Untertan
nimm Lob und Tadel
du verdienst
beides

Nachtzauber

Der Mond errötet
Kühle durchweht die Nacht

Am Himmel
Zauberstrahlen aus Kristall

Ein Poem
besucht den Dichter

Ein stiller Gott
schenkt Schlaf
eine verirrte Lerche
singt im Traum
auch Fische singen mit
denn es ist Brauch
in solcher Nacht
Unmögliches zu tun

Noch

Noch eine Zeile
ein Wort
eine Silbe
ein Buchstabe
ein Punkt

Credo

Einen Drachen reiten
wenn der Fuß versagt

Die Sonne erobern
wenn das Auge erblindet

Bücher verbrennen
wenn die Sprache verstummt

Krieg säen
dem Krieg
Frieden ernten
für alle
und einen

Der Dichter

fügt wieder zusammen
das zerstückelte Lied

Von Splittern zerrissen
sein Wort
trägt fort der Blutstrom

treibt es
zum Herzen

Verwundet
kittet er
die zersprungene
Scheibe
Zeit

Acht Stunden

Oktopusarme
umklammern
deinen Tag

Er walzt deine Routine
er walzt dich
eindimensional

So sicher atmet nur Tod

Dann

Dann kamen
Wolken
verliebte Bilder im
Wasserspiegel

Dann
Wohnungen aus Sand
Grashalm
Wurm

Dann
Blume

Aster
und Kranz

Fortsetzung

Die wir uns
fortsetzen
durch Liebe

Wir geben uns hin
dem Tod
und nehmen uns
das Leben

vom Baum
der
Erkenntnis

Gib

Das Herz der Rose liebt
deinen Atem

Deine Seele liebt
ihren Atem

Gib
einen Strauß Atem
den Liebenden
einen Strauß Stunden
den Gehetzten

Einen Korb Brot
den Hungernden

Gras II

Dein Zipfelchen Zeit
hängt
an deinen Erfahrungen Fragen
Geständnissen

Unaufhörlich Gras
deine Gedanken hängen an dir

Überall
riecht Gras
nach vorüber

Isoliert

Isoliert
dem Fuchs verfallen
der Torso eines Urtiers
sperrt den Weg

Zerrspiegel
Affen
im giftgrünen Laub
greifen nach mir

Sappho
ich suche Schutz
bei deinem Mund
beschwichtige
Freundin
den besessenen Wald

Du schweigst
so sicher
atmet nur
Tod

A

Vom A zum B
ist ein endloser Weg
Zwischenraum Atome

Der Atem ein Zug
durch die Luft es geht
von Adam zu Ade

Äonenweg
letztes Alibi
Amen

Auch so etwas

Wir haben aufgehört
Zeichen zu deuten Zeichen
zu geben

Gebt mir ein Zeichen
wo Freunde sind
neue
denn die alten sind tot
oder sie atmen
unter einem fremden Stern

wo Bäume noch sprechen
und man Blumen liebt
auch so etwas soll
es noch geben
sagt der gelbe Stern

Der Morgen

Mit abertausend Gesichtern
Wolkenwangen
Sonnenaugen
Luftlippen
Windohren

staunt der Morgen
aufwärts
und
wir staunen mit ihm

Himmelsschrift

Weiß auf Blau
die Himmelsschrift

Wer liest
die Zeichen
wer weiß
die Zukunft

Leben oder
weltweiter Pilz

Das Erbe II

Es ist an der Zeit
das Erbe zu verteilen

nimm
den sterblichen
Apfel
und
das unsterbliche
Wort

Gedicht

Glorreiche Namen
deiner Schulpflicht

Hölderlin
auswendig die
Trakltrauer

Luftsaat
inwendig
aufgegangen

das
Gedicht

Die Pappel

Mit einer Pappel
als Feder
schreib ich die Zeile
eingewurzelter Stämme
auf meinen Augenweg

Er führt über Wurzeln
und Wortgeäst
zum schwarzen Punkt
in der Sonne

Der Himmel ist rot
in der Pappel gärt die
grüne Tinte

Der Garten

Der Garten
öffnet seine Rosen

Sie duften sich
Sonnenworte zu

Nur Liebespaare
fangen sie auf
und grüßen zurück
in der Rosensprache

Rosen antworten rot
mit herzlichem Duft

Duftworte
die sich liebkosen

Finden III

Ich finde
was ich nicht suchte

vereistes Lied

Ich nehme es
in den Mund
hauche es an

Es taut auf
und singt
mich
und
dich

von Dorothea
14.11.91

Im Regen

Unter Kastanien im Park
sitz ich im Regen
er küßt die Blumen

Tanzt auf meinem Schirm
ich bleibe

Ich liebe die Kühle
des Sommers
den Kastanienschutz
die spielende Fontäne
des Regens Trauerlied

Sein Silberherz schlägt
an mein Herz

Erdverwurzelt

Der
dem Apfelbaum gleicht
erdverwurzelt
mit Gedankenstamm
und Wortlaub
Blüten aus dem Innern
ausstrahlt
seine Werke
verbotene Äpfel
zum Genuß

der mit Freude
seine Leiden trägt

wo ist er

Geweckt

Geweckt
aus
ehernem Schlaf

in der Glocke
die Stimme

Klöppel
und Klang

Besuch

Besuch aus verlorenen Jahren
mit dem Böhmenbuch

Junggefärbt Altes

Im Niemandsspiel
Schlafmärchen wecken

Aus Träumen
Wirklichkeit sammeln

Blinde Stunde
Ade

Es war einmal III

Ausgestorbene Wesen
Engel
luftäugig

Es war einmal
möglich
sie zu sehen
Wolkenflügel am Firmament

Luftfinger
die streuten
Worte

Es war einmal
richtig
sie aufzufangen
nachzusprechen

Es war einmal

Heller

Nur der Schatten
blieb
als das Licht
verloren ging

Im Dunkel
träumt es sich
heller

Feiertage

Ich krieche
zwischen Gebeten
zu den Toten

und schwöre
ihr lebt

und schwöre ab
dem Meineid

Wer hat
meine Festtage
Freudentage
meine schönen Feiertage
begraben

Die Zeit III

Mit zahllosen Händen
greift die Zeit
nach dem
Geflimmer aus
Blumen und Tropfen
nach Hitze und Eis
nach Menschen
auf der Flucht
vor dem Nichts

In alle Winde

Einst war ich
Scheherezade
rettete mein Leben
mit klugen Worten

Heute
richte ich meine Worte
an keinen Kalifen
ich vertraue sie
meinem Spiegel an
er strahlt sie
in alle Winde

Jungfernjoch III

Gletscher
die blaue Himmelshöhle

Im erstarrten Atlasgewand
die Eisbraut
ihre Schneeschenkel
sternblühend
erfroren
im Akt

Jenes Land

Aus Blumen
Schnee und Gefahr
jenes Land

Feinde die auch
Freunde sind

Kein Unterschied
zwischen dir und mir

in jenem Land

Hitzewelle

Todfeindin Sonne
im Hochdruck
ihr Atem aus Flammen
versengt unsern Atem
wir liegen im Goldofen
werden geröstet
vergessen
wer sind wir
wer hat
das letzte Wort
im Gespräch
mit der Glut

Innengeburt

Unser tägliches Brot
Honig und Milch
Wein und Gebet

Wir Erdenkinder
lieben
alles Leibliche

und die
innengeborene
Sprache

Im Garten

Im Garten
atmet die Zeit
freier

Ich atme ein
ihren Duft

Er atmet
mich aus

Handfläche

Ich schreibe
auf meine Handfläche
Lichtlinien
Schattenlinien

Liebeslinie Lebenslinie
ein Kreuz
viele Striche
kreuz
quer

den Buchstaben A
unvollendet

Fortschritt II

Wörter
vom Computer verschlungen

Er dichtet für dich
Variationen
aus Rosen und Unrat
haschischgesalbte
Dreieckgesichter

In Streifen geschnitten
du fällst ins Kaleidoskop

Blumen Maschinen Menschen
ein unaufhaltsamer Brei

Großgmain

Großgmain
schönes Baumgmain
geistgrün
dem Berggeist
ergeben

Auf welchem
der verketteten Berge
haust er
schneewittchenweiß

Identität

Menschen haben mir
mein Ich verboten

Sie wissen nicht
daß ich auch
Baum bin Vogel Stern

und Architekt
der Märchen baut

die sie nicht sehen
obwohl sie
bis in den Himmel reichen

Ja Nein

Am Anfang
ohne Ende
das Wort

Einverstanden sein
und rebellieren

Nicht Wald
Nicht Vogel
Nicht Stern

Tausendverneiner
die Erde
bejaht dich

1984

Landstraße

Auf der Landstraße
treffen wir uns
Weggefährten

Auf der Landstraße
westlich östlich
im Süden und Norden

Überall
wo ihr wohnt
läuft die Landstraße
an meiner Haustür
vorüber

Lieder

Um vier Uhr morgens
singen Vögel im Fenster

Während Menschen
Kriege gewinnen verlieren
schaukelt unsere Erde
Lieder aus Freude
und Angst

Kreislauf III

Wo bin ich
wo bist du
wo seid ihr

Hier
ist auch
dort

wir kreisen ja

1985

Ich zähl die Sterne meiner Worte

Wann II

Ich hole die Kastanien
aus dem Feuer

Es ist ein kalter Tag

Ich bin mit meinem Gefühl
immer bei dir

Wann werde ich wieder
Gedichte schreiben

wie einst

Verlobt

Ich bin
mit meinem Wort
verlobt

Vergiß nicht

Laß mich nicht allein
Meine Sorgen
sind mein Alphabet
Es hungert mich
Wenn ich dich habe
bin ich satt
Vergiß nicht
eine Flasche Sekt
zu bestellen
Wir brauchen
den Höhenrausch

Tage

Die Tage sind ein Gewächs
das nicht stirbt
Einer kommt einer geht
wie es die Jahreszeit will
Mein Herz ist streng
und ohne Aufenthalt

Komm in mein Nest
wo die Nacht blüht

Zu schön

Auf Seite 117
lese ich
was nicht geschrieben steht
Eine goldne Torte
erwartet mich
ich werde sie nicht essen
sie ist zu schön

Heimatlos

Mit meinem Seidenkoffer
reise ich in die Welt
Ein Land nüchtern
eines toll
Die Wahl fällt mir schwer

ich bleibe heimatlos

für Dor. 1/92

Einverstanden II

Mein Freund und ich
sind einverstanden
Wir fahren nach Italien
Venedig ist
die schönste Stadt der Welt
Da sind wir daheim
Über Brücken gehn
unsere Herzen spazieren
Die Leute lächeln

sie sind einverstanden

Trost III

Einst hat der
Aussätzige geklappert
Heute
ist der König
ohne Heim
Er kommt zu mir
und weint
Ich tröste ihn
mit einem Lied

Idee

Ich glaube

Liebe deinen Nächsten
wie dich
selbst

Glaube ich

Erbarme dich
Herr
meiner Leere

Schenk mir
das Wort
das eine Welt
erschafft

Wenn du
nicht da bist
ist alles blind

Ich sehe
diese Blindheit
mit nackten Augen

von Doc 1/92

Meine Ahnen
waren unbescholten

Ich habe den Tau
ihrer Tränen
geerbt

Mai
mein Monat
du streust
den weißen
Blütenschnee
mir in den Nacken
Er brennt

Laß mich
dir entgegenblühn
Schönheit

Es heißt
blühn und
sterben

In meiner
Traumorchidee
spüre ich
die Kraft
meiner Lieder
die Jahre wachsen

In einer
Festung aus Büchern
erscheinst du mir
ohne Gnade
ein fremder Prinz
der nicht
lesen kann

Im Umkreis
meiner Liebe
zum All
bete ich

Ich gehe auf
und unter
im Gebet

Im seidigen
Maigrün
einer Frühlingsnacht
bin ich
geboren
erzählte mir
meine Mutter

Der Frühling ist
mein liebstes Alphabet

Im Himmel
wo die Welten
blühn
hab ich
mein Wort
entdeckt

Es sagt
ja und nein

Ich habe
dich geliebt
bis ins letzte
Jahrhundert
sagt
das Maiglöckchen
und gibt mir
sein Gift

Ich sterbe nicht

Ich bin ein Baum
und atme mein
flüsterndes Laub

Vom Himmel
kommt ein Engel
und küßt
meine Wurzeln

Du herrliches
Paris
ich umschlinge
deinen Schritt

Du bist
unwiderstehlich
Wahrheit

Ich erkenne dich
und nenne dich
Glück

Die Erde
gibt mir
ein geheimes Zeichen
und sagt ade

Ich antworte
auf Wiedersehen

Die bunte Rosette
von Chartres

Der Schönheit
ins Auge schauen

Deutlich leuchten
die Augen der Nacht

Eine gelbe Scheibe
blüht im Blick

Die große Fremdheit
in der eigenen Haut

Bleib
deinem Wort
treu

Es wird
dich nicht
verlassen

Vergiß mich nicht
ich bin
dein ewiger Freund

Gib mir die Hand
so halte ich
das Leben

Sieh
die spiegelglatte Ebene
aus dem Bilderbuch

Da
ruhst du aus

Laß mich
nicht allein

Du bist
mein Traumgefährte
auf dem Weg
ins offene Leid

Komm
einen Atemzug näher
ans Licht
Schwester

Sei kühn
und unnahbar

Kennst du
den Zauber
dieser offenen Zeit
Wer hungert
der wird
glaub es mir
gesättigt werden

Immer warte ich
auf Wunder
die kommen müssen
wenn sich
Musik erfüllt
zur Zeit
der nackten Blüte

von Dor 1/92

Im Märchenland
blüht die Poesie
Ich suche sie
am Traumpfad
der mich führt

Ich verzichte
auf den Glanz

Er hat mich
nicht getröstet
als du
von mir gingst

Ich spüre
den klaren Zug
deiner Gegenwart

Du bist
ein Genie
gehst voller Andacht
deinen strengen Weg

Ich lege dich
an meine Stirn
Substanz des Lebens

Du bist
das Allbewußte
das die Welten
baut

Ich bin der Sand
im Stundenglas
und rinne
ins Tal der Zeit
die mich umarmt

Hörst du
die Flöte

Sie spricht
eine helle Sprache
das schöne Naß
einer Melodie

lauschen heißt
beten

von Dor 1/92

Erscheine
Kern der Wahrheit

Ich liebe
dein herrliches Gesicht

Erhöre meine Bitte
Herr
schenk mir
den Schlaf
und einen Wundertraum

Eintreten
in das Doppelgesicht
aus Stoff und Geist

Da ist kein Anfang
und kein Ende

Ein Lied
erfinden
heißt
geboren werden
und tapfer singen
von Geburt zu Geburt

Du wanderst
in der schwarzen Stadt
mit wunden Füßen

An der Hüfte
rührt der Tod
dich an

Diese Blume
ist augenschön

ich weiß nicht
ihren Namen
nur den Duft
der mich erquickt

Die Insel schwimmt
an meine Brust

Ich streichle
goldene Bäume

Die Harfe
ist mein Instrument

Ich spiele
das Lebenslied

Dein Herz
ist echt
du meine Sonnenuhr

Nimm mich
ins laute Schweigen

Aus dem Lichtquell
eines großen Augenblicks
Gedichte schöpfen

Das Erz
spüren
das im Herzen pocht

Vom Gipfel
sehe ich
das Tal meiner Sehnsucht
nach neuen Worten
die den Gott erschaffen

Vergiß
daß wir uns liebten
als wir Kinder waren

Heute sind wir
aufgeblühte Nelken
rot und weiß

Ich widme mich
dem Feuer dieser Tage

Es gibt mir
seinen lauten Glanz

Ich bin
die Königin der Nacht

Am Tag schlafe ich
und singe meinen Traum

Das Reh im Wald
ist meine Schwester

Ich folge seiner Spur
bis an den Abgrund
der mich lockt

Sonnenblume

Gelb
leuchtet mir
die Sonnenblume

Sie sagt
ich hab
ein rundes Herz
voll süßer Kerne
und einen
grünen Blätterleib

Öffne die Stäbe
damit der goldne Himmelskörper
hereinwinkt

Da trinke ich
das Licht
in vollen Zügen

Ich hab
ein Wort gefunden
das nicht weint

Die andern trauern
um den Verlust
der Heimat

Wer bin ich
wenn die Wolken weinen:
ein fremder Gast
an fremdem Strand
Ich warte bis
die Sonne wieder
mich liebt
mit goldenem Verstand

Schlafen Sie gut
sagt mir die Schwester
doch ich kann nicht

die goldnen Lippen
dieser Sonnenblume
trösten mich:
träum dich
gesund

Ich suche Gott
und finde ihn
in einer Blume
die nicht welkt

Sie sagt
die Zeit hat mir befohlen
dir gut zu sein
ich sage
Amen

Ich sehne mich
nach Licht und Liebe
doch niemand kommt
ich bin allein

Mein Schöpfer sagt
bald wirst du fliegen
und einen nackten
Engel sehn

Ich möchte reden
doch ich kann nicht
ein schwarzer Engel
hält mich fest

es heißt nun
immer tiefer schweigen
bis in den letzten
Erdenrest

Ich bin
im innern Rom
geboren
wo tausend nackte
Säulen stehen

Ich kann das Wunder
nicht vergessen
das sich mir wieder
offenbart

Gott
Schöpfer aller Dinge
Du bist nicht
gut
Du bist nicht
schlecht
Du bist

Du gabst mir
Kraft zu leben
nicht genug
zu leben
ewiglich
Gott

Der Regen
klopft
an meine Tür
wie eine strenge
Vaterhand

dann schlägt der Blitz
in meine Augen
und segnet mich
mit lautem Mund

Bald
kommt die Freundin
aus der Ferne
mit einem stillen
Blumenkuß

Ich liebe
ihre schönen Worte
wie einen
Himmelsgruß

Aus einem heißen Schlaf
bin ich erwacht

Ich zähl die Sterne
meiner Worte
und widme mich
der Nacht

Als auf den Fensterscheiben
die Blumen blühten
kochte die Mutter
Es gab Kälte und Wärme
auch Honig in klarem Kristall

Wir lachten uns alle
ins Fäustchen
Kam der Fuchs
und stahl Kälte und Wärme
und Honig in klarem Kristall

Das Lachen blieb
im Fäustchen
Angst und salzige Tränen
füllten die Augen

Als ich in Constanza war
sammelte ich das Licht

Die Stadt war eine Legende
aus Schilda und tausend und einer Nacht

Elstern stahlen mein Licht
Raben wurde es Fraß

Die Stadt war eine Legende
versunken in endloser Nacht

Ich geh
mit meinen fremden Füßen
in eine leere Schlucht
wo über uns
die Sterne schwimmen
im mütterlichen Meer
wo vor uns
Dämme brechen
und unsere Ziele
untergehn

Florenz
wunderbare Stadt
Museen
und Michelangelo

Ich werde diese Pracht
nur wiedersehn
im Traum
bald ist es
mit mir zu Ende

Ich will
noch einmal
in Venedig sein
mich
im Glasspiel
seiner Wasser
spiegeln

Mein Heim
ein herrlicher Palast
wie im Traum
leuchten Kanäle

Verehrter Gott
Gib mir ein Zeichen
daß gar nichts
ohne dich geschieht

Ich möchte
einem Sternbild gleichen
das sanft
mir leuchtet
wie ein Lied

1987

Der Traum hat offene Augen

Wann III

Noch ein Tag und
noch ein Jahr

Deine Frage
bleibt wach

Wann
kommt der Anfang

Wann kommst du
zu mir
und nimmst mich mit

Vom Leben gefressen

Schnell
wird dein Leben
vom Leben gefressen

Traum an Traum

Liebe
des Lichts

Stürzende Sterne

Unendlichkeit
der Sekunde

Vielleicht III

Wenn die Zeit sich versteckt
hinter dem Himmel
die Sterne
verraten sie nicht

Es ist still
erstarrte Menschen
erwarten ein Zeichen

Vielleicht steht es
im Orion geschrieben
und keiner kann lesen

Verweile nicht

Daß
jeden Augenblick
Gott stirbt und lebt
weiß
der ihn einatmet

Überall
wächst ein Baum
um den
die schöne Schlange
sich windet

Du kennst
das Apfelwort

Laß uns tödlich sein
Verbotenes tun

Verweile
nicht

Wundgeschlagen

Ausgewandert
aus dem Kinderlied

In welches
flüchtige Land
verschlagen

Räderchöre
elektrische Stimmen

Unsere Ohren
wundgeschlagen
von kalten
Geräuschen

Was ist es

Dieser Straßenlärm
oder ist es Musik

Vereiste Äste klirren
oder
ist es das Winterherz
das so pocht

Ich nehme euch alle
zu Zeugen
daß der Schnee so weiß ist
wie
Schneewittchens Wange

Verschüttet

Vögel möchte ich
auffliegen lassen

Verschüttet
liegen sie
im Garten
der Habsburgshöhe
und singen
Gebeinen
ein Wiegenlied

Wandelbar

Orte wandelbar
in der Zeit

die alles namhaft macht

unbehauste Worte
vergessene
ungedachte

Vergessen II

Ich hab
mich vergessen
irgendwo
ist mein Name
liegengeblieben

Im Fluß
das Zerrbild
kann ich
nicht schöpfen

Ich stelle einen
Krug Wasser
vor deine Tür

trink
meine Liebe
die im Sandmeer
ertrunken

Urteil

Ich klage
zieh meine Klage zurück
klage mich selber an

Ich gehe mit mir
hart ins Gericht
verurteile mich
zu lebenslangem Kerker

Am Fenster
folge ich dem Flug
südlicher Vögel

Unverrückbar

Die Sterne der Blinden
halten
Tag und Nacht
ihre gefangenen Farben
im Gleichgewicht

Unter einer Decke

Nachts
wenn die Gedanken
einschlagen
treten die Toten
aus ihren Verstecken

Ihre Augen
bezwingen mich
ihre bemoosten Stimmen
überzeugen mich

Wir unterhalten uns
über irdische Dinge
alles interessiert sie
ich kann ihre Fragen
nicht beantworten
sie sind besser unterrichtet
Manchmal ergibt sich
ein Gespräch
über Hölderlin oder Spinoza

Nie ist die Rede davon
daß sie tot sind
Ihre Rede ist klar
Licht und Schatten
verteilt

Wir vergessen den Zwischenfall
Tod
wir sind ja hier
unter einer Decke beisammen
nichts hindert mich anzunehmen
daß ich noch lebe

Traumsicher

An der Regengrenze
Augenblicksworte

Stolpernd
über den Schatten
Über die flüchtige Brücke
gehen wir
traumsicher
Mensch an Mensch an Mensch

Lichtstrategie

Urwort

Laß mich finden
das Urwort
damit ich teilhabe
an mir
wo du mich aufspürst
Dämon
zwischen Stern und Straße
im guten Omen
Freude

Tagebuch

Der Tag
ist mein Buch

Hier trage ich
Leben ein

an dem ich
mich erfreue
das
ich erleide

So

So
soll es sein

wie es nie
war

wie es
nie
werden wird

Sicht

Gekommen zu sehen
die Welt die wohnt
in Zimmern
Zimmer in Häusern
in Städten
in Kontinenten
in mir

Pflanzen
Tiere
Menschen

Ich seh ihren Atem
in einem Spiegel
in mir

seh alle
nur mich
wo seh
ich mich

Seinen Ort finden

In den Tag gehn
den Dingen
nicht ausweichen

Jedes
an seinem Ort

Zahlreich die Orte

Es heißt
seinen Ort finden
im Tag

Der Weg

Schwerer
der Weg zum Ziel
das unerreichte

Schwerer
der Rückweg
ins ziellose
Hier

Perlen

Perlen schenken
sie verwandeln
sich in Worte

unechte
echte

Nur
der Märchenmann
kann sie
erkennen

Verbrannt

Im vergänglichen Trug
der tägliche
Tod

Gefräßig
das Flämmchen

Verbrannt
alle Farben

Ich fege
die Asche
von Wange und Mund

Melancholie

Melancholie
dein Suchen nach Menschen
die du erfindest in deine
Wirklichkeit

Melancholie
sie wirbt um dich
hinter geschlossenen Lidern
so hell als gäbe es nichts
außer diesem mächtigen
finsteren Licht

Ja und Nein

Ich behaupte alles
und leugne alles

denn JA und NEIN
sind wahr

und ich liebe
die Wahrheit

Im Spiegel

Im Spiegel verschoben
mein Gesicht
unwegsame Wege
in die Stirn
tätowiert

Vom linken zum rechten Aug
wächst die Distanz
ich schiele
seh alles doppelt
aus dem Gleichgewicht geraten

Löwenmähnig das Haupt
in meinen Pupillen
droht Nacht

Meine Mundwinkel
fallen ins Quecksilbereis
seines Gelächters

Im Regenrock

Im Regenrock
Blick betränt
naß der Gedanke

Fragt man
wohin führt dieser Weg
jener Weg

Fragt man
wo wohnt dieser Nachbar
jener Nachbar

Wo wohne ich
fragt man

Der Sonnenkompaß
zerbrochen

Wolken
wissen nur Wasser

Im All

Ich verliere mich
im Nichts

finde mich wieder
im All

Das Nichts
vernichtet mich

Auferstanden
im All
bin ich
ein Geschöpf
aus Worten

Hoffnung VI

Das erinnerte Heim
im Vergangenen

Dein gebrochenes Jetzt
hinkt
in die Hoffnung

vielleicht wieder
ein menschlicher bewohnbarer
Raum

Herbstlich II

Am Morgen
öffnen Fenster
graue Augen

öffne
ich mein Schweigen
leg es auf die Schwelle
einer fremden Tür

Ängstlich
beobachte ich die Straße
Räder rollen
über alles
was wachsen will

Ich nehme dem schüttern Laub
die Last ab
Klagelieder
die pflanz ich
auf Gräber
der Freunde

Grüne Kräfte

Im Spiel der grünen Kräfte
Mensch und Pflanze
Die Stadt
wächst im Moos des Winds

Geheime Zeichen
Wer deutet Adersprache
Laub und Inschrift

Die Zeichen wandern
von Stirn zu Stirn

Mit Inbrunst
blau und schwarz
der Himmel hält den Hauch
im Wanderatem

Grüne Kräfte
im Zeichenspiel
wird Lieben leicht
dem Menschen
da und dort

Glasscherben

Was der Wind verwirft
Glasscherben
sammle ich
setz sie zusammen

zu vielfachem Spiegel
der Sonne
dem Regenbogen
zum Ruhm

Geburtstag II

Elf Maikäfer
haben mich geboren
im Maikäfermonat

Die Flügelgemeinde
weihte mich ein
ins Abendgeheimnis
Laterne und Mond

Ich fürchte
das tödliche Licht

tagsüber
Blindenschrift

Frost

Im Siebenmeilenschlitten
der weißen
Gefahr
voraus

Eis hat
tiefe Wurzeln

Im Frost
geht um
das Sonnengespenst
Tief
unter Null

Frage

Wind mischt Farben

Ich suche mein
Gesterngrün
im verwandelten Wald

Gestern war er mir gut

Hält er mich heute
mit windschiefen Gesten
gefärbten Wangen
zum besten

Einverleibt

Du einverleibt
dem Du
im Rosenschlaf
Gewittertief
nie aufhörender
Augenblick
aus dem Schatten geschält
dein Gesicht

Der Traum hat
offene Augen

Die Nacht beleben

Sonne auch sie
ein Rätsel
Klarheit
mit Schattenspielen
Verführung

Blind die Augen
der Sterne
mit Schneewittchen
die Nacht
beleben

Dennoch vereint

Einst waren wir
Eins

Heute sind wir
unendlich getrennt und
dennoch vereint

Das wissen sogar
die Rotkehlchen
und Bäume

Sie kennen
unsere Sternsprache
unser grünes Märchen

Dein Eigentum I

Atem holen
aus dir
Erde

Du zählst mir zu
die Atemzüge
forderst mich auf
dich zu berauben

Straf mich Lügen
straf mich

Was ich mir erobere
bleibt
dein Eigentum

Dein Eigentum II

Das fremde Leben
dein eigenes Reich

Es erreicht dich
im Wort und
hinter dem Wort

öffnet Türen
zu fremden Menschen
deinem Eigentum

Da wohne ich

Ich mache
einen eigenen Raum
aus Luft und Atem

Da wohne ich
in meinem Untergang
und unterhalte mich
mit Fischen

Bilanz

Wieviel Millionen Umsatz
die Bilanz stimmt nicht
ich rechne
schreibe Gedichte

Weiß nicht den Profit
Zahlen rollen mir aus der Hand
Worte holen mich ein
sieben mal sieben Stimmen

ich rechne Gedichte
sieben mal sieben
Null um Null
überflutet mich
zahllose
Stimmen
holen mich heim

Stilleben V

Zufällig
diese Anordnung
von Körpern
auf dem Tisch
von der Sonne besucht

Kornblumen
Orangen
die Schüssel
das Messer trägt
einen Regenbogen

Beginnt schon
das Welken im Glanz
Ein guter Vorsatz
bleicht die Leuchtkraft
Fällt anheim
dem Schatten
der schwarzen Schleppe
die Sonne
nach sich zieht

Auf der Flucht

Eine Mauer schiebt sich
vor die andere

Ich gehe durch das
verschobene Land
komme vom Hundertsten
ins Tausendste

Auf der flüchtenden
Landstraße
suche ich Kinder
auf der Flucht
vor der Flucht

Antrieb

Die Mänaden
haben uns nicht verlassen

Mensch geworden
heimisch in unserem
Hirn

sie treiben uns an
keiner
kann sie vertreiben

Alles war schon

Alles war schon
Die Wunder sind verebbt

Neue Fragen
von harten Lippen
wo sich
vor der Antwort
verbergen

Ihr Riesenzwerge
im Riesengebirge
aus Pappe

Ein Abschnitt Langeweile

Im flüchtigen Rausch
aufschrein
und Asche sein

Nimm ein Licht

Nimm ein Licht
in deinen Traum
denn der Mond ist
ein Gaukler
unverlässliche
Leuchtkraft

Sterne
verkapselte Strahlen
auf
die schwarze Fläche
gespannt

Wie willst du
den Mitternachtsberg
besteigen
auf
der Leiter aus Luft

Gewiss
es führen
viele Wege
zur Spitze
der sie kennt
nahm ein Licht
in seinen Traum

Moirisch

Nimm die Sprache
zum Zeugen

Mit den Sternen
im Bund
dein Wille
bereit
zur
Verwandlung

Moirisch vorhanden
auch
dein
Sirenenwort

Wehrlos

Ich sage allen
bleibt mir vom Leibe
aber seid da
ohne euch
kann ich nicht leben

Kommt
und vergeßt mich

Ich bin wehrlos
wie meine Heimat

ausgesetzt
den verschwiegenen Worten
der Welterschaffung

Gleichgewicht

Wie viele
unheilkündende Meteore
abgestürzt
im Sekundenruhm

ihre flammende Unterschrift
auf der schwarzen Tafel
verflüchtigt

Aber andre Sterne
Kornblumen mit Zukunftsduft
im Luftfeld erblüht
nehmen ein den
leergewordnen Platz

damit erhalten bleibe
das Gleichgewicht

im Kosmos
und
in dir

Tag Nacht

Der Tag
sagt Brot
Die Nacht
fliegt Traum

Der Tag sagt
Sonne tüncht gleich

dienend

schweigen die Sterne

Verborgenes Licht

Manche Worte
strahlen

Andere schauen mich an
mit schwarzer Magie

Ich hole
ihr verborgenes Licht
und lege es
in mein
umdunkeltes Herz

So
lebt es sich
leichter

Gedächtnis II

Steine
zählen deine Schritte
ihr Gedächtnis
ist dein Weg

Er geht dich
vom Quell
bis zum Gipfel

Marienkäfer

Ich schließe
den Himmel
vor meiner Tür

Verirrter Marienkäfer
sieben Schwarzpunkte
auf rotem Rücken

Das Siebengestirn
schwankt
auf meiner Fingerspitze

Plötzliche Flügel
Luftfinger öffnen
den Himmel vor meiner Tür

Wege

wollen gegangen werden
geh »ein Wort weiter«

gradaus schräg
hinauf hinab

finde deinen Schritt
im Sternenwald

Licht kleidet dich
in Schatten

Geh
in den Steinbruch
der Wörter

Wellen

Wer weiß
wo ein Glück beginnt
wann es ins Wasser fällt
welche Wellen es
wegtragen
wie das Haar
bleich wird
und starr

löse
das Rätsel

Wenn du liebst

Reise
zu den Zwergen

Heinzelmännchen schaffen
dein Werk

Sie leben in dir und
hinter den Bergen

marschieren mit dir
zu den Riesen
die heute dich foltern
morgen dir Sterne schenken
den Mond dir vermachen
wenn du liebst

Du liebst
Menschen Worte
das unfaßbare Leben

Wie viele

Wie viele Gedanken
Worte Bewegungen
im Tag

Wie viele Augenblicke
im Tag
in denen du
dich
nicht verschweigst

Wo du uns findest

Auf der Suche
nicht
nach der blauen Blume
nicht
nach den unvergänglichen Namen

Zusammenhang üben
gegen unsern Willen

Dein Wille geschieht
wo du uns findest
in der Zerstreuung
der Dinge
in der
vollkommenen Null
die vermehrt
was du uns zuzählst

Zeremoniell

Frühling augenerfüllt

Licht verführt uns
heute
Farben für Blumen
heute zaubert
das Wasserkristall

wir
glauben den ersten Bienen
rot sei rot

hier und dort wo
der Lichtmeister sein
allfarbnes Zeremoniell
abhält

Wo

Wo ist mein
Paradies

In der Nacht
war es
mein Heim

oder
hab ich
geträumt

Wache ich jetzt
in der Wüste

wo
die Augen
sich schließen
mein Lager
aus Sand

Wolken

Wolken
die einander jagen
die der Wind liebt

Sie stürzen
kopfüber kopfunter
halten den Himmel
Küssen die Erde
von Sturm und Salz

Im Bild

Ich bleibe im Bild
aber bleibt es
bei mir

Wolken sehen Regen
der Fluß schreibt
seine Zeile
auf zuckendes Treibholz

Fische tanzen
im
Kristall

Namenlos

Was einen Namen hat
ist schon verloren

Wir nehmen
namenlose Wörter
in den Mund

hauchen
sie aus
sie werden
sich finden

Paul Klee II

Das Liniennetz
magnetisch
fängt alles ein

Zwischen zwei Strichen
Farbe bekennen

Mit Katzenblick
gesichtet
zahllose Welten

Die gefangene Blume
wächst und flieht

Singen

Singen
den Freudensang
eines Traumes
den Trauersang
unserer Zeit

Das Helle
du bist
ein Fünkchen Licht
das Finstre
Gedröhn und Gerassel
der Maschinen

Wir
müssen wach sein
unsre Stimme
wach halten
um
singen zu können
ein
ruhiger
atmender Morgen

Zahllose Augen

Du hast
zahllose Augen
jede Pore
sieht
das Verhängnis
und
die goldumhangene
Liebe

Vertrauen

Vertrau dem Abend
dein Licht an

Er
verschweigt es
allen
die es nicht
sehen sollen
nur der Abendstern
weiß es

der besteigt
den silbernen Wagen
und nimmt
es mit
auf seinen Zauberweg

Im Dialog

Ich sage ich
und weiß nicht
wen ich meine

weiß nicht
wer mich meint

im Dialog
mit meinem Stichwort

Nicht immer

Schön
auch nackte Nächte

nicht immer
wollen Sterne
Menschen sehn

Sünder

Noch nicht ganz
vergessen
das Paradies
wo wir sündlos waren

Schön und süß
der Apfel
sein Saft hat uns
sehend gemacht

Laßt uns Sünder sein
verbotene Worte lieben
und Menschen
unter drohendem Himmel

Recht

Goldne Gespenster
Volle Kelche
wir trinken auf euer Wohl

Es ist unser Recht
von der Furcht
Abschied zu nehmen
die Schwerkraft der Sterne
zu prüfen
ihre Schritte zu zählen

In grünen Tagen
war die Liebe rund
Hilflos gegen
die Weltverwalter
im nichtgewebten Wams
wir Vögel
mit gebrochenen Flügeln

Es ist unser Recht
zu schweigen
wenn sie
die Glocken versenken

Goldne Gespenster
eingesponnen ins
Netz unserer Nacht
wir trinken auf euer Wohl

Wer zählt
unsere Atemzüge

Wer unterscheidet

Schatten oder Gespenster
wer unterscheidet
die gespaltene Wahrheit

Deine geblendeten Augen
sehn doppelt
im Wind deiner
Gedanken

Wohin II

Ich haltloser
Elektronenkörper

Wohin
fliegt meine Angst
meine Liebe

im rotierenden
Raum

Wunderwelt

Diese Wunderwelt
Luft Licht
läutendes Meer

und
Worte
zwischen Mensch
und Mensch

Zerbrochen

Gedanken aus Glas
in der
Hagelschlacht

zerbrochen

liegen wir
unter
Asche und Stein

Arglos

Nachts bin ich
ein anderer
meinen Namen vergessen

heilig gesprochen

kalt
ledern die Sterne
im Schwarz
über
der verkrusteten Erde
an der ich schuldig bin
ich argloser
Träumer
untergegangen
im Wortstrom

Ausgangspunkt

Die Wendeltreppe
dreht sich
bis sie die Spitze
im Licht
erreicht

Hier stand die Leiter
wo Jakob
die Engel besiegte

Damals
aber jetzt
dreht die Erde sich
um sich
und die Sonne
bis sie
zurückkommt
zum
Ausgangspunkt
Aufgangspunkt

Immer neu

Immer neu
Blüte
Gras
Gedankenflucht
das bewältigte Wort

Fremder

Fremder verlasse
den verlorenen Ort

Neue Fremde

Die Gegenstände
schweigen

Im Kissen
schläft der Traum

Auf der Bettdecke
wachsen Gras
und
leuchtende Blumen

Regen
klopft ans Fenster
zu löschen
das Licht

Der Mond II

Ehernes Gesetz
abgeblättert
der Mond
für eine Weile
ins
Jenseits gerollt
bis er
als blonder Halbkreis
wieder erscheint

Bruder der Erde
einst auch
Bruder der Dichter

Heute
ein banales Gestirn
aus toten Trümmern

Dornen

Wir haben Rosen
gepflanzt
es wurden Dornen

Der Gärtner
tröstet uns
die Rosen schlafen
man muß auch
seine
Dornenzeit lieben

Es war einmal IV

Es war einmal
ein Ganzes
nicht
vier Viertel
oder
sechzehn Sechzehntel
Teile

es war einmal
ein ganzes Gesicht
eine ganze Freude
im Gesicht
um keinen Schatten
verkürzt

wie jetzt
unsre
drei Viertel
oder
sechs Sechzehntel
Freude
im schattenzerschnittenen
Gesicht

Falle

Diese Stunde kneten

Glieder
Gesicht
der Rumpf
fertig

Die Stunde fällt
in die Falle
der sechzig Minuten

Finden IV

Tiefe Trauer
helle Freude

Worte
suchen mich
ich finde sie

Verlieren

Wirf
eine Münze
auf den Boden

Du Kopf
Adler ich

Stolz
blickt
der Kopf
mich an

Ich verliere
meine Habe
Worte
Worte
Worte

Gib mir
dein Schweigen

Freude II

Gefieder
durchsichtig

Lerche
im Licht

strahlender
Sang

im Flug
das hohe Lied

eine Sonne
geht auf
in dir

Frisch färben

Laute Träume
weckten
die schlafende Zeit
wir standen auf
in der
Mondfinsternis
ein Kometschweif
zerschnitt
die Nacht

Es war
es war einmal
alles vorbei

Die Schiffswand
weiß
weiße Möwen
begleiten uns
das neue ABC
weißgekalkt

Wir müssen
jeden Buchstaben
frisch färben
mit unserm Blut

Halte sie fest

Sträubt sich
dein Wort
gegen den Wind
dieser Zeit

Hinter ihr
atmen noch
leise Minuten

Halte sie
Halte sie
fest

Harte Musik

Ich lehne
an einer Wand
aus Ohren

Im Herzhaus
singt die Uhr
den Sekundenreim
zum Atemtakt

Mit der Hand
hämmere ich
an die Wand
hämmere ich
meine
harte Musik

Hinauf

Aus der Traufe
kommend
in den
mit Sonne
bekleideten
Regen

Immer
ein Märchen
hinauf

Schattenspiel

Längst sind die Toten
auferstanden
die Lebenden tot
auf die Dauer nicht
unterscheidbar
Staub an Staub
die himmelhohe Mauer
bunte Schatten
treiben auf ihr
das zeitliche Spiel

Scheinrot

Ich öffne mein Zimmer
zur offenen Rose
wach im Wasser
ein paar Tage
Freude

Ich kenne die Blumensprache
im Dornengedicht
den entwurzelten Duft

Das Licht ist ein Lügner
scheinrot
die leblose Rose

Mein Zimmer
schläft ein

Siebzig

Für Marie Luise Kaschnitz

Wieviel mal siebzig
Lichtjahre
ihre Schatten
fallen
auf deine Stirn

Am Jahrmarkt der Masken
Wanderjahre im Wandel

Belauert
von wieviel Augen
das Wort geschieht
eindeutig weiß
wenn alle Farben
sich lieben

einen Augenblick
einmal immer aufs neue
mal siebzig
Lichtjahre
unendlich

Staunen

Bäume und Gras
grüne Augenweide

Tagsüber die Stimmen
von Laub und Fontäne
nachts Grillengesang

Machen wir uns
mit den Sternen
vertraut

Wir Stäubchen
staunen
Spiel oder Traum

So unfaßbar einfach
ist alles
so vielstimmig
spricht das
Märchen Leben
uns an

Tausendfüßler

Tausendfüßler
Traum

Er legt mir
viele Länder
zu Füßen

zuweilen
den Schein
einer schönen Erde

den Schein

Tonfall

Mit den Wänden
um die Wette
schweigen

bis aus dem Telefon
Besuch kommt
der Rosen bringt
oder Dornen

Es hängt
vom Tonfall ab

Über Bäume

Das Gespräch über Bäume
wird nie beendet
solange es Worte und
Bäume gibt

Wer mag leben
ohne den Trost der Bäume

Den Baum der Erkenntnis
hat keiner
erkannt

Verwandter Träumer

Abend
verwandter Träumer
mit Schweigen
begabt

Du zeigst
dem Menschen
das Ziel
das sanfte Hinüber
in eine
andere Welt

Wie schnell

Wie schnell
der Tag
sich verflüchtigt
ins Nichts
die Nacht
ins Nichts

Tag und Nacht
weiß man nicht
wohin mit dem Nichts

aus dem man
schaffen muß
Wohnung Weg
Bewegung und Ruh

Winter IV

Eisblumen Schnee
jene Schlittenpartie
Sterne sprühten
der Winter
hielt uns in Atem
weiß war die Welt
wir gaben uns hin

Hagelschlacht

Ich kehre zurück
zu meinem gefangenen Winter

ohne Eisblumen
ohne Schlittenpartie

Wintersonne

In der Wintersonne
erwärmt sich dein Traum
die Welt sei eine
helle Seele

Vergiß dein Bett
laß deine
Gedanken tanzen

Jeder Augenblick
schenkt dir
Ewigkeit

Du siehst die
Berge das
himmelfarbne Meer
Wälder reden zu dir

Alles dir anvertraut
von der
Wintersonne

von Anne Münkner
Weihnachten 1993

Wohin III

Wohin
sind die
herrenlosen Vögel
gezogen

Glaube der
ersten Schwalbe
blau sei blau

Wünsche

Kein
Zeitstillstand

Wo der Gedanke

Ich suche
die Grenze
zwischen
dir und mir

Lichtnadeln
Haare
verschwommene Schatten

Wir durchdringen uns
wo der Gedanke abbricht
kein
Spiegel uns
reflektiert

Wortmehl

Hungerworte
verschlingen
was sie finden
glückliche Märchen
Frevel
Trockene Scheiben Tugend

Sie werden nicht satt

Der Frevel frißt die Tugend
das Märchenbrot mundet
dem Träumer

Sein Hunger verschlingt
was er findet
Wortmehl
Liebe und Trost

Willst du

Kugel grüne
noch einen Tag
noch eine Nacht
noch noch

Verberge uns
wie das Gras will
wie du willst

Wir
entzweit
mit dir
mit uns selber

Verbirg uns
im
Feentraum

ferner dem Himmel
näher
wie er will

Mittwärts
verbirg uns
willst du
Erde

noch eine Sternzeit
noch

sind die Fahnen
nicht weiß

Mir selber begegnen

Wenn ich
mir selber begegne
im Damals

als ich
auf einem Gebirgsweg
dem Lerchenlied lauschend
einen Salamander zertrat

die schönen Giftpilze
bewunderte

und stehen blieb
weil Hamlet
plötzlich da war

reiche ich mir selber
die Hand

Es ist anders geworden
und gleich geblieben

Nebel IV

Verschwommene Tage

Häuser
ducken sich

Gestalten
schleierumhüllt
bewegen sich
im Weißtraum
Akkord
aus
Muschel und Mensch

Nichts
behält seine Form
alles in Auflösung

Sagen und
Zauberlegenden
erzählt die Luft

Ich spüre
den Erdatem
weiß auf weiß

Nebel V

Aus weißer Wolle
die Stadt

Sirenen schneiden
die Luft in Streifen

Bewegungen
ändern den Kurs

Natur
dehnt sich
über aufgelöste
Dächer und Denkmäler

Auf Schritt und Tritt
stoße ich
auf Kulissen
wenn ich den Gedanken
folgen will

Nägel

In den Wind geschlagen
Tage aus Nägeln

Ufer mit Wassernägeln
befestigt

Eine Farbenbrücke
gehämmert an den Himmel
mit Luftnägeln

Mit ihren scharfen Nägeln
blüht die Rose
rot

Gedankenwald
ein Blitz
schlägt Wurzeln im
nagelneuen
Wort

Leuchten

Sterne
Glühwürmer
leuchten

Staunen
meine Heimat

auch im Dunkel
daheim
mit
verlornen Freunden

Bleibt
nur der
Trost der Träume

Körper II

Der Wind kennt
alle Richtungen
weht dir zu
aus
der einen der anderen

voller Masken

Fleisch geworden
du weißt
die festen
zerbröckelnden
Körper

Heimleuchten

Irre
angeln
den Mond

Lieg uns
zu Füßen
alter Gesell
leuchte uns heim

Gegen den Strom

Schwimm
gegen den Strom

Der Strom schwimmt
gegen den Himmel

Seine
verschlossenen Türen
sind offen

Die Spitze

Ich zog aus
das Leben lernen

Mein Haus ausgezogen
ich wohne im Wort

Bienenwiese
Maisfeld
verwitterter Herbstwald
Berg aus Schnee

Ich bin
ein Eiszapfen
eine Fichte

Der Tod
macht mich
unsterblich

Zuweilen

Traum der meinen
Schlaf umgeht

Tausendfüßler
er legt mir
flüchtende Länder
zu Füßen

zuweilen
den Schein einer
anderen Erde

das Bild
eines Himmels
und einer
besseren Hölle

Das Wort II

Es klopft nicht an die Tür
lautlos
tritt es ein
nimmt Platz im Armstuhl
bereitgestellt
für den Propheten

der nie kommt

Ich spüre eine Gegenwart
des Wortes Anwesenheit
spüre ich

seh es nicht
höre es nicht
kann es nicht betasten

aber ich weiß
es ist da
im Armstuhl
bereitgestellt
für den Propheten

Briefe III

Brief aus Rosen
ihr Duft
umarmt
meinen Atem

Brief aus Astern
herbstbuntes
Ade

Immerzeit

Nicht wissen
wie die Minuten
verrinnen
Tage
einander verfolgen

Häßliche
schöne
Immerzeit
distelumrankt

Baukasten

Dieses Auseinanderstürzen
in Würfel und Kugeln

Hinausrollen
zurückprallen

abgebaut
der Turmbau

Unter dem klaren Vorbild
der zerstörte Zusammenhang
des Musters

Im Kasten
deine Fäuste
gefesselt

dein Auge verfolgt
das bewegungslose
Spiel

Augen II

Augen traf ich
von ungefähr
eine Lichtsubstanz

Mein Herz
im Punkt der Pupille
zieht sich
zusammen
weitet sich
im Spiegel
der siderischen Augen

Kein Märchen
die Augen im Märchengesicht
sind da
der Stern
der sie atmet
sichtbar am Himmel
Venus
erster Lichtimpuls
abends

Am Rand III

Wir blühen uns zu
am Rand
einer verworrenen
Legende

im Mittelpunkt
zwischen
Berg und Stern
Meer und Distel

Ich spiele noch

Dennoch Rosen
sommerhoch
Schmetterlinge
Möwenschwingen
überm Fluß

Nein
ich vergesse nicht
die eingebrannten Jahre
ich vergesse nicht
daß Stiefel
den Regenbogen zertraten
daß sie sich rüsteten
uns zu verwandeln in
Feuerrosen Feuerfalter Feuerschwingen

dennoch sommerhoch
der Duft
die Doppelflügel überm Fluß
das Gold auf meiner Haut

und die toten Rosen
nach der Nacht

Wir
träumen Schlaraffenland

Schlaf und Bilder
in allen Farben
was mein ist
ist unser

Wir bauen
Papierpaläste
pflanzen
Wortwälder im Jagdrevier

Vögel aus Luft
unsere Beute

Die
Finsternis wächst

auch
im Licht

es ist kalt
wir erfrieren

stehle einen
Funken Sonne
zünde
ein Feuer an
in der Straße
aus Stroh

wärme
dein Wort

Im Leuchtfeuer
des Abendrots
verklingen
die Furchen der Furcht

Du schreibst
an den
Rand des Horizonts
ein Gedicht

Augenblicksstimmung
Zufallsfarben

Hereingefallen
sind wir
Luzifer
hat es uns
längst prophezeit

Kreisend
im Kreis
unserer Gewohnheiten
fallen wir
nicht aus der Rolle

Fallen nicht auf
lebend oder tot

Wir
haben uns nichts vorzuwerfen
wir
wissen was wir tun

Die Anderen
ja die Anderen
das Übel

Wir
wohnen im Weihrauch
das Vaterunser
beschuldigt uns nicht

Wir
eine reiche Gemeinde
zahlreich
gut gerüstet
gegen die Anderen
hinter dem Zaun

Die anderen Übeltäter
wissen nicht was sie tun

Keine Gedichte
im Augenblick
ich will leben

Morgen
vielleicht
glückt das Wort
weißes Blatt
Wald voller Vögel

Ich
spitze die Ohren
sehe mit den
Eulenaugen der Nacht

keine Gedichte
Morgen
vielleicht

Du warst
kein Versprechen
verläßlich

Erinnerte Zukunft
Obdach für Findlinge

Die fanden sich
in deiner rauhen
wahrgewachsenen Wärme

Aufatmen
wenn die Gefahr sich verbirgt
in einer Furche Hoffnung
und die Stirnwunde
vernarbt

Ich
bin Kain
ich habe
dich erschlagen
Abel
mein
auferstandener Bruder

Zeitlebens räche
ich mich
an mir

Aber du
was suchst du
hier
bei meinem
verfluchten Geschlecht

Nichts
tröstet

Von den Bergen
fallen
weiße Tücher
das Fenster
erblindet

Im Zimmer hockt
die Nebelkatze
ihre Feueraugen
verbrennen
die kommende Zeit

Ich lausche
dem Monolog des Mondes

Seine gelben Silben
tropfen in meinen Kelch

Wir werden
uns finden
wenn wir
Kinder
geblieben sind

Ich
eine kleine Blume

Wer nannte mich
Rautendelein

Wahrhaftig eine Rose

sagte der Mann
und ging weiter

Letzte Wiederkehr
ins Nichts
Weltreise
nach der
ich mich sehnte

Die Erde
tanzt um mich
libellengleich
Mit ihr
als Sternenherz
verglühn

Vergiß
meine ängstlichen Gesten
Vorbei
was mich in Schlaf
gewiegt hat

Ich schicke den
Traum auf dein
Haar
und singe
Morgen
zu spät

Morgens
eine Nachtigall
im Garten

Sie hat
mein Lied erraten

aus Seide und Schmerz

Im Sommer
hör ich die Bienen
im Winter den Frost

Ich trinke
den Honig deiner Zärtlichkeit
und
das Eis deiner Gegenwart

Zwei Wunder
in einer Schale

Jenen
verlorenen Zeiten
bleibe
ich ewig treu
und spiele
mit Ball und Reifen
und tanze
mit Schatten im Hof

Ich sammle
meine Verluste
in einer Schale
sie blühen schwarz
wie Mohnduft
in mein Niemandsland

Aus der Sonne
fallen Bienen
in mein Licht

Mit meinem
Schatten tanzt
ein Zauber

Am Ende der Zeit
werden wir uns
umarmen
und der Erde
Ade sagen

Sie nimmt uns
in ihren Schutz

Ich danke
den Göttern
für Oliven
und Wein
für Melonen
und Rosen
für die
erwachten Frühlingswelten

Ich kreise
im Kreis
der Gestirne
ein ehernes Spiel
aus Zukunftsmusik

Das Weiß einer Säule
aus dem weißen Athen

Hier bin ich wiedergeboren

und schöpfe Schaum
aus der Traumbrandung

Am Himmel
die künstlichen Vögel
umgeben von Sternenspruch
die Sichel wächst
und Schatten werfen
finstere Tücher herab

Ich muß einen
Traum bestellen
aus tausend
und einer Nacht

Vergeßt mich
nicht fremde Freunde
bergt mich in
eurer Höhle
rettet mich
durch die Nacht

Ich bin
schon lange verschollen
doch
ich lebe immer noch
in einem
verlorenen Zimmer

und spiele
mit Worten
wie ein
törichtes Kind

Mit den holprigen Jahren
wachsen die Wände
sich satt

ich reite auf
einem Drachen
in ein verwunschenes
Land

dort wachsen
blühende Worte
und auch weichgrünes
Moos

Es wird noch
manches geschehen
eh ich nach Kimpolung
komm

Der Auferstandene
küßt
mein erfrorenes Wort
tote Seelen
bitten mich um
ein treues Gedicht
das
die Würmer erwürgt

Als ich
aus der
Kindheit floh
erstickte
mein Glück
in der Fremde

Als ich
im Getto
erstarrte
erfror
mein Herz
im Kellerversteck

Ich Überlebende
des Grauens
schreibe aus Worten
Leben

Aus fernen Welten
fallen Worte
mir in die Hand

Der Herr
ruft hilf
du mußt mir
sieben neue Tage schaffen

Vergib mir Herr
meine Hand versagt
vergib mir Herr
vor dieser Last

Ich wohn
auf einer Zauberinsel
wie einst
der arme Robinson

Früchte nähren mich

doch ohne Wort
und Menschen
muß ich

verhungern

Ich entdecke
im Herzen der Sonne
eine Amsel
Sie singt mir
herrliche Stunden
einen heiteren Tag

Es fliegen die silbernen
Tränen
hinunter ins Totenreich

Mit toten Freunden
zu zechen
ist mir Gewohnheit

Sie haben nicht vergessen
ich ziehe ein Wolkenkleid
an

Freundschaft
mit dem
Mondmann
darfst
toter Freund
nicht neidisch sein

Wir verstehen uns
schon seit vielen Jahren
ich erfreue mich seiner
Gunst
mit stillem Wasser
das nicht trunken macht
trink ich ihm zu

Aufwiedersehn
bleib mir gut
bis ich dein Licht
verlassen muß
Aufwiedersehn

Ich schmücke
einen Osterbaum
mit Versen
von vergangnen Meistern

ich habe keinen
je vergessen

Vielleicht
vergessen auch sie
mich nicht

Die Tage des Schweigens
sind noch nicht vorbei

Es schneit Verzweiflung
das Eis verwandelt sich
in Blumen
ich sause im Karussell
den Rareu hinab

irgendwo hockt der April
und ruft die Tauben

Auf den Eisfenstern
blühten die Blumen
in der östlichen Stadt
Wir sind ein fremdes
Völkchen
ohne Schutz und
Beschützer
preisgegeben dem
weißen Mord

Ich war
ein Vogel
eine Feder
war ich
oder hat mich
der Morgenstern getäuscht

oder war der Traum
eine Schnecke
in deren Haus
ich mich verlor

Freund
kennst du
die Antwort

In das Mondhorn
blase ich
einen tollen Kinderreim
Mutterlied
vor meiner Geburt

Der Mond lacht
mich aus

Warum

Wir schenkten uns
doch
üppige Wolken
aus schwingendem
Regenwein

Im Mund des Mondes
wachsen Legenden

Ich schlief hundert Jahre
bis der verschollene
Prinz Ruprecht mich küßte

Da fing
wahrhaftig
das Leben an

Mit Habgier
ruf ich deine Seele
und
halte deinen Tod
in Händen
wie einen reinen
Edelstein

Gib Zeichen

Laß uns
zusammenschmelzen

Mit
roter Seide
die Angst vertreiben
die uns
hemmt

Mit
Fingerspitzen rühre ich
deine Seele an
Klares Wasser
das mein Traumbild
spiegelt

Im rötlichen Himmel
entgleitet
der scharlachglühende Ball

Warten
auf den Sturm
deiner Stimme
die mich
im Glück
erwürgt

von Dov 2/92

Wir warten
am Erdrand
auf das
Ereignis aus Feuer

Mondfetzen
in Dornenklauen

Blitzhieroglyphen

Wir warten
aufs Wort

Sitzen
im Leeren
zwischen
Erde und Mond

und warten

Ich bin mit Füchsen
gesegnet
sie zünden die Zeit
mir an

der Spiegel weint silberne
Tränen
die aus meinen Augen
strömen

Bald ist es vorbei
doch ich frage mich
besiegt mein
Aug die Sonne

Krähenschrei
Schnee wächst wie eine Blume
Winterkälte
wie einst in Czernowitz
Meine Gedanken erfrieren

Mit einem roten Knoten
verbünde ich die Heimatländer
die sich in Schatten
um meine Träume legen
Meine Hand hält den
kalten Himmel
die Sterne sind erfroren

nur
das tote Hündchen
meiner Kindheit
liebt mich

Mich trösten
kindliche Träume
und manchmal
ein bißchen Musik

das Walzerblut ist
schon geronnen

die Mutter sagt
Liebling
vergiß

Mit erznen Schwüren
flieg ich zum Horizont
Sterne zu belauschen

Schenkt mir den Glanz
eurer Augen
vor meiner Wiedergeburt

Mit Zwergen
und mit Riesen
kämpfen
ist meine
nackte Leidenschaft
sie kommen
nachts
zu mir
mit Träumen
gut und böse

so muß es
sein

Amseln
ich streue Brot
bald
ist es Frühling
die Vögel
schwirren mir zu

Ich kann
das Bett nicht verlassen
so
fliege ich hoch
in den Raum
mit den emsigen Amseln
von Wolkenblitzen
beschützt

Säule Schneemann
auf einer weißen
Wolkenbank
Es regnet Eis
auf einen kargen
Winterrest
Krähen tanzen
im Fenster
Ihr Schrei
ein Liebeslied
und
in der Ferne
schwärmen Bienen
um eine bunte
Blumenwelt

Mond
Traum

Die weise
tote Mutter ist
wieder aufgewacht

Mit Moses durch die Wüste
wir backen
Osterbrot

Vergiß und trink
Regenwein

Sternensturz
Nur schöner Schein
Ich spreche
und sollte
Seher sein

Was ist
meine Aufgabe
ein Abenteuer
oder Wortgespinste
die Sterne
schweigen und tanzen
Fächer
um meine Stimme

Nach dem
Feuertanz
die Asche
scharfer
Sensenschnitt
nie wieder
tanzen
nie
sehen

die Toten
wann
kommen sie
wieder

Freund
du warst
ein Irrtum
tausend Briefe
ohne Wahrheit
das Mohnspiel
deiner Lippen
deine Ohnmacht
setzt mich
matt

Weiter wandern

der Tod
wird den Verlust
verstehn

Neue Zeichen
brennen
am Firmament

doch

sie zu deuten
kommt kein Seher

und

meine Toten
schweigen tief

Vor den Garben
kniet ich
bei Sonnenuntergang

um dich zu sehen

Wir Kinder aus
Heuduft
im Wirbel
verirrt
hielten uns
an den Hüften
und
sangen ein
Todesgebet

Ich bin
in ein purpurnes
Glas genäht

Seine Sprünge
sind meine Träume

Der letzte Tod
hat
mich fast umgebracht

Ich warte
auf das neue Sterben

Mein Heimweh
ist ein Stacheltier

Ich werde wund
und aggressiv

Im höchsten Haus
von Ungefähr
liege ich in der Sonne
und verliere
mein üppiges Haar

Komm
Nordwind
rette mein Gesicht

Die Maus
hat ihre
Federn verloren

Der Hase
seine Flügel

Heimtücke

Warum
überleben
in den
kahlen Zellen
der Nacht

Ich
liebe dich
schnurrender Mord

Fixiert
in deinen
kalten Blick

Laß sie
mich spüren

deine
Krallen

Ich
fühl es

Ich bin
Don Quichotte

Kämpfe tapfer
um ein Wort

Sancho Pansa
wie
mein Schatten

Der
Zweifel kommt

Stech
ihn tot

In der Sänfte
gleite ich
durch Wüstensand

Strand Israels

Gebannt
doch
fremd

Meer und Blitz
ein kurzes Glück

Das Bett
holt mich
immer
zurück

Ich liege
mit der Mondsichel
im Atem
so lädt
der Himmel mich ein
die Nacht dröhnt
schwarz und ohne
Sterne
in meinen
Trauertraum

Wenn
die Sterne finster werden
läuft meine
tägliche Lebensstunde ab

Meine abertausend
Himmelsfreunde schweigen

Wir schöpfen
den Wein des Lichts
Er ist herb
wie eine
finstere Frucht
die uns
nicht trösten will

Ich
Mosestochter
wandel durch die Wüste

Ein Lied
Ich hör
Sand und Steine weinen
Hungersnot

Ich habe
noch nicht aufgehört
zu sterben

Wangen margeritenweiß

Noch sagt
mein Ichwort
du
Noch sind
wir Freunde

ein Lebenshauch

Auf dem Kahn
gleiten
durch öde Zeit

Feiern
mit den sieben Zwergen
hinterm Bukowiner Berg

Pakt
mit der
Zukunft

Alte Worte
blühen
Vergangenheit

Sein
Sonnenname
Sein
Wunderwort

Er
hat mich
verraten

Liebe und Haß

Er ist tot

Ich
vergesse ihn immer
und
bleibe ihm treu

Schwebend
auf Weltenbahnen
Wartend
auf ein Wunderwort

Schweigen

Ich bleib
stumm

Engel
warum
hilfst du nicht

Nebelwogen

Pappelwipfel
im Blick

Ausgestreckte Hand
mein
Rückzug ins Nichts

Goldgehäuse
aus
Vogelruf und Spinnenweb

Warten
auf ein
Osterzeichen

das
meiner Schwermut
Flügel leiht

Ich spanne
eine Seufzerbrücke
Schwermut Erinnerung
führt mich
an das Grab
meines Vaters
in meiner
Vaterstadt

ich pflanz
eine brennende Aster
lösche mit Schnee
und
weine

Treffer
auf
Treffer

Ich kann
meine Wunden
nicht zählen

Schweig Mond
verrate mich
nicht

Sadagora
Hof des Wunderrabbi
betende Scharen
erzählte Wunder

Bedeutende Märchen
fürwahr
ich glaube
sie gern

Komm Stern
gib Zeichen
Lächle Rabbi

Freundschaft
mit der Mondin

Sie versteht
mich gut

Beschwor sie
um einen
feinen Vers

Ich
warte noch

Mit seidensanftem Leuchten
grüßt mich der Mond
wir sind Freunde
er erzählt
mir Märchen
ich danke ihm
mit einem Vers

Ich wohn
auf einer Toteninsel
mit einem Gelichter
von Wölfen
sie geben mir Milch
und Fruchtbäume
sind mein Brot

Mutter
vergiß daß wir uns
verloren haben
du findest dich jede Nacht
in meiner Traumgüte
und
ich werde
wieder jung

Zeichen
aus dem Ginsterland
Wunder
spielst mir den
Frühling in die Hand

Das
Traumkrokodil
kommt wieder
wie der April
es befiehlt
wir spielen
am Ufer des Herzsees
zwei Kinder
ohne Arg

Toben
im
kühlen Revnawald
im Grünpruth
baden
Kirschen stehlen
kinderwild

Du sagst
vergiß

Doch so etwas
vergißt man nicht
es war
das Schönste
meines Lebens

Der Freund
ist tot

Ich
spiele noch

Komm Engel
treib uns
ins Paradies

Dort sind wir
zwei winzig
kleine Blumen

Der Sommer
feiert Geburtstag

Blitz und Kristall
sein
Gewand

Nimm
ihn auf
im Traumhaus

Mit
hartem Griffel
zeichnete ich
das Lied

Alles
neu macht der
Mai

Ich
singe es

wenn
ich
sehr
einsam
bin

Hörst du
mit heller Stimme
singt die Lerche Lieder
in meinen Schlaf

Ich warte
auf den Duft
der Erinnerung

Die Luft
spielt meinen
Atem

Ich bin
wieder Kind
mische Farbe
für
einen Ball

Zwischen
rot und grün
tanzt ein Spatz
und sucht das Brot
das ich streu

Seine zarte Stimme
ist eine Mahnung
Atme
ein Gedicht
an die Luft

Ich
bin
eine Koralle
im Meer der
Erinnerungen
und warte
auf den Wind

Prinzessin
fisch mich auf
leg mich
um deinen Hals

Das wär
mein Glück

Träge
taumelnd

Die Meilensteine
weit

Mein langsames
Lied

träumend
von
Ende und Beginn

Zwielicht
eines Gewitters
Wolken aus Glas
tanzen
spielende Vögel
im Fenster

Harmonie

Vergiß
die Härte
Verzeih
das Übel

Liebe
deine Toten

Von Himmel zu Himmel
ich fliege
werfe Wolken ins Licht

Umringt von Feuervögeln
atme ich
Gedicht um Gedicht

Ich gehe
im Bett
spazieren

Am Ufer des Ganges
und zur
Mauer Abazzia

Mein Herz
liegt in der
rostigen
Hülle der Trauer

Meine Wege
führen ins Wunder

Wenn
wieder
Jugend grüßt
reite
auf einem
weißen Zirkushengst

In der Arena
liegen
Sonnenblumen

Höre
den Trompetenruf
der rote Hahn
fliegt
ins Maiwunder

Aus dem
Halbmond
strömt Nebelnacht

Grüner Glücksstern
wache
Sei nicht töricht
Stark
ist die Brücke
in
dein Land
aus Licht und
Schweigen

Keine Gefahr

Sternensturz
aus der
Schwärze des Himmels

Mondlied
trifft mein Herz

Nacht
hat meine
Angst gelöscht

Ich warte
heiter
auf den Tag

Ich bin
mit jedem Du
verwandt

Eingeweiht
in das Geheimnis
aus dem
Wörterreich

Das Echo
deiner Stimme
von Stern
zu Stern

Dein Schweigen
singt
eine sanfte
Melodie

Lilienbach
und
Abendwiese

Trinke
Duft und Wasser

Tanze
blaue Walzer

Liebe ihn

Nur ein Traum
Nur ein Traum

Trauer
der Taube

Schattenkreuz
über
dem Herzen

Wie
ein wilder
Pilz im
atemlosen Raum

In der
Asche der
Angst

demütig
leichter leiden

Zauberzeichen
aus dem
erhabenen Sternenreich

Kommen
Worte
so
weine ich

vor Freude
daß ich
singen darf

Genug
Herz verschleudert

Hüte
deine Lippen

Büße
für uralte
Sünden

Trage mich
in den
Sternenkranz

Gib mir
ein Schiff
aus weißen
Wolken
am Tiefmeer
meiner
Einsamkeit

Ich werde
hundert Jahre
sterben

Ich bin
bereit

Der
Nordwind
umarmt meine
Angst

Hab
den Anker
in den Himmel
geworfen

Sternenmoos
bettet mich

lebenslänglich

Hab
alle Gesetze
gebrochen
von
Unordnung zu Unordnung

Hab
gelernt durch
Wände zu gehen
Wolken zu
durchqueren
jenseits der
Himmel

Jenseits
der Silben
quält mich
Stille

Wenn
ich dir
wiederbegegne
auf der Wiese
im Mond
wirst du
drei Worte sagen

Drei Worte wie einst

Ein Wunder
Wir starben
und leben doch

Traum
einer Kindheit
und
Wiedergeburt

Mit
Vineta in das Meer
versunken

Mit
den Walen Bruderschaft
getrunken

Sprich Herr
dein heiliges Werde

Ich
freue mich
auf Sonnenschein

Rad
aus Wolkenerz

Zeigerblitz
der mich
nicht lieben
will

Blütenatem
wo
der Frühling
singt

Ich schwöre es
das Losungswort
heißt
Liebe

Ich werde
die Nüsse
nicht zählen
die der Wind
verstreut

Werde nicht
hoffen
auf das
Wunder Blau

Erwarte
keine Antwort

Nichts
hat sich
geändert

Nichts
bleibt wie
es ist

Rot ist der Sand
mein Atem so
trocken
wie Blei

Der Deuter schläft
einen unendlichen Schlaf

Wir liegen im Lehm
die Flügel gelähmt
die Nacht
entführt uns
die Sterne

Hier sind wir
hier halten wir
Ausschau
hier warten wir
auf eine Zukunft

Kommt
der König des Karnevals
in meine
Augenweide

Will mich
zur Königin krönen
auf der
Straße feurigen Schnees

Vergiß mich
König
ich bin
ein trockener Baum
trage
keine Krone mehr

Führ uns
aus der Arktis
gefrorener Zeit
Moses
rette uns
vor dem
Schlangengeschlecht

Wir wollen leben

Gib uns
wieder
Glieder Augen und Haar
eine Welle Wärme
ein Sternentuch
Lampenlicht und Mutterlied

Ich
liege
im Schatten
und
träume Sonne

Träume
unter einer Wolke
Himmelsblau

Träume die Wolke
träume das
Feuer der Sonne

Träume mich

Auf der Flucht
übernachten
im Sternenlager

Kein Heim
keine Tonne

Am Kai
stehen Schiffe

Länder in der
Tasche
Kupferfliegen
auf der Haut

Das Gold
begraben im Berg

Wir haben
Steppen und Ozeane
Wellen und Hagel
kein Heim
keine Tonne

Orte aus Rauch
ohne Atem und Glanz

Ein Zigeuner geigt
in grüner Watte
jenseits des Zauns

Die Sonne rollt
in Sternenasche
ihr Schatten fällt
auf vergessene Namen

Auf der Sichel
reite ich

ströme
durch Venedigs Paläste

benetze
den Farn

Tautropfen
und Magie

Zaubernacht

Im
Glaswald verirrt
das Gesicht
verloren
Narziß

Wiederholung
im See
wiedergekaut
von den Wellen

Im
Quecksilber gefangen
gestückeltes Lachen

Nein
du bleibst
keine Sekunde
unversehrt

Vertraut
mit dem
Rosenschlaf
gerüstet
gegen die
Flügel der Mühlen

Wir
ziehn durch
das Nadelöhr

Regimenter
zwischen
Sommer und Herbst

Die Sonne
der Regenbogen
die Nacht

Wenn der Schock
kommt
das Herz stockt
der Raum brennt

Gib mir Licht

Flugsand
die Stadt steht
im Blitz
die Glocke
geht
mit dem Donner unter

Verzweifeltes Lachen
von Ast zu Ast
erdrosselte Amseln
im Arm
den Schuh voll
Blut

Starr wie der Stern
der hölzerne Totem
wacht

Auf
den Schalen
meiner Kummerwaage
liegt dein Tod

Schließ
den Kreis

Magnetisch
zieht dein Lied
mich an

Pfauenglanz
Sternenfall

Wimpernschlag
Hauch
im Mai
sag Wahrheit mir

Wann
war ich eine
Möwe
wann hab ich
das Salz umworben
wann ein Schiff
geküßt

Äonen sind versandet

Jetzt
liegt die Sekunde
wie ein gefällter Baum
vor meinem
Haus aus Eis

Dunkle Legende
von Blut zu Blut
vom Abend
an deine Schläfe
gelegt

Zwiesprache
zwischen dir
und der Nacht

Im August
jenseits der Türme
wo die ruthenische
Bäuerin
Früchte trägt

Durch ein
Sternenfeld
schreiten

Taumel
einer
Silberzeit

Worte vom
Horizont

in meiner
offenen Hand

Weise
Sternendeuter
sucht
meinen Stern
des Glücks

Findet
sein Funkeln
seinen
rettenden Glanz

Sturz und Verlöschen
Rauch und Sand

Gib auf

Der Traum
lebt
mein Leben
zu Ende

Editorische Notiz

Im vorliegenden Band wurden alle von Rose Ausländer in den Jahren 1983 bis 1987 veröffentlichten Gedichte gesammelt. Sofern die Gedichte mehrmals veröffentlicht und die Texte dabei variiert wurden, folgt die Wiedergabe der vorliegenden letztpublizierten Fassung. Da die Autorin verschiedene Texte unter dem gleichen Titel veröffentlichte, sind diese Titel mit einer römischen Numerierung gekennzeichnet. Die Folge dieser Ziffern richtet sich nach den jeweiligen Veröffentlichungszeitpunkten, das heißt der Text, der als erster unter gleichem Titel veröffentlicht wurde, trägt die römische Nummer I. Hierbei ergeben sich Abweichungen von den Numerierungen in früheren Einzelbänden, da die römische Numerierung dort häufig fehlerhaft ist, so daß Doppelzählungen vorkamen.
Die Numerierungsfolge gibt keinen Aufschluß über die Entstehungsdaten der Gedichte. Da diese nur teilweise nachgewiesen werden können, stützt sich die Numerierung ausschließlich auf die Chronologie der Veröffentlichungen. Gelegentlich ist es vorgekommen, daß die gleichen Texte unter verschiedenen Titeln publiziert wurden. Bei den Vorarbeiten zu dieser Ausgabe konnten diese »Doubletten« alle festgestellt werden. Ins Gesamtwerk aufgenommen wird jeweils die erstmalige Veröffentlichung unter dem zuerst verwandten Titel.
Das Gesamtwerk wird (im Nachtragsband) durch ein Register ergänzt, das ein Gesamtverzeichnis aller von Rose Ausländer veröffentlichten Gedichte und Prosatexte enthält. Dieses Verzeichnis ist zum einen nach Titeln und zum anderen nach Textanfängen geordnet.
Im Fischer Taschenbuch Verlag ist der Band *Rose Ausländer. Materialien zu Leben und Werk*, herausgegeben von Helmut Braun, in Vorbereitung.

Alphabetisches Verzeichnis nach Titeln

Alphabetisches Verzeichnis nach Textanfängen

Quellenverzeichnis

So sicher atmet nur Tod. Gedichte
Pfaffenweiler Presse, Pfaffenweiler 1983

Ich zähl die Sterne meiner Worte. Gedichte
Fischer Taschenbuch Verlag, Frankfurt (Main) 1985

Der Traum hat offene Augen. Gedichte
Fischer Taschenbuch Verlag, Frankfurt (Main) 1987

Ich spiele noch. Gedichte
S. Fischer Verlag, Frankfurt (Main) 1987

König Tag, *Nachtzauber*, *Noch*
In: *Jahresring* 1983/84, dva, Stuttgart 1983

Credo
In: *Die Zeit*, Nr. 30, Hamburg, 22. 7. 1983

Der Dichter
In: *Erster Almanach der Pfaffenweiler Presse*,
Pfaffenweiler Presse, Pfaffenweiler 1983

Acht Stunden
In: *Die Paradiese in unseren Köpfen*, Arena Verlag, Würzburg 1983

Landstraße, *Lieder*, *Kreislauf*
In: *Unterwegs mit Dir*, Morstadt-Verlag, Kehl 1984

Inhalt